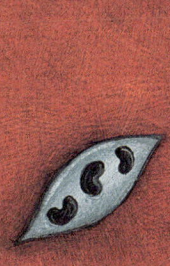

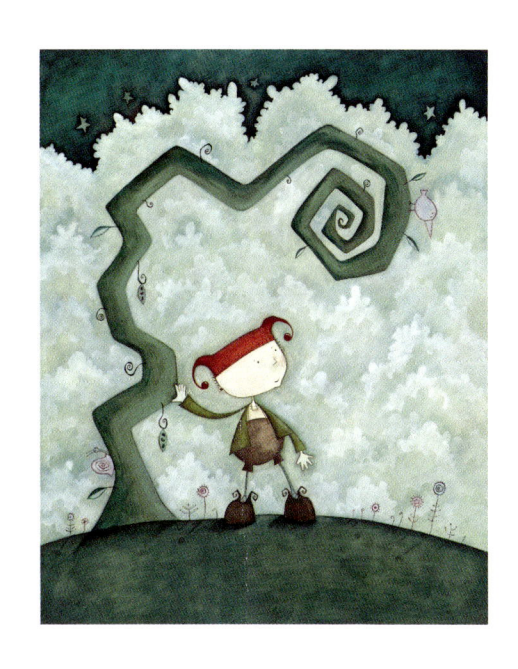

Jacques et le haricot magique

En mémoire de Richard Walker

Pour mes grands-parents,
May et Grania,
et en mémoire de Richard et Joe.
N. S.

L'édition originale de cet ouvrage
a été publiée en 1999 en Grande-Bretagne
par Barefoot Books Ltd sous le titre
JACK AND THE BEANSTALK
Text copyright © 1999 by Richard Walker
Illustrations copyright © 1999 by Niamh Sharkey

Pour l'édition française :
© 2000 Père Castor Flammarion pour le texte
Flammarion, éditeur (N° 0997)
Dépôt légal : février 2000
ISBN : 2-08160997-5
Imprimé par Tien Wah Press à Singapour – 05/2006
Loi n°49-956 du 16 juillet 1949 sur les publications destinées à la jeunesse.

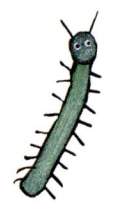

Jacques et le haricot magique

raconté par
Richard Walker

illustré par
Niamh Sharkey

texte français de
Estelle Chapron

Père Castor
FLAMMARION

Je ne vais pas commencer
par vous dire que Jacques était
paresseux. Quand il y avait
une aventure en perspective,
il ne l'était pas du tout.
Mais, la plupart du temps,
il ne faisait pas grand chose.

Jacques vivait avec sa mère et Daisy, leur vache,
dans une ferme délabrée à l'écart de la ville.
Sa mère, elle aussi, se plaisait à ne pas faire grand chose.
Ils n'avaient pas beaucoup d'argent
mais ne s'en souciaient guère.

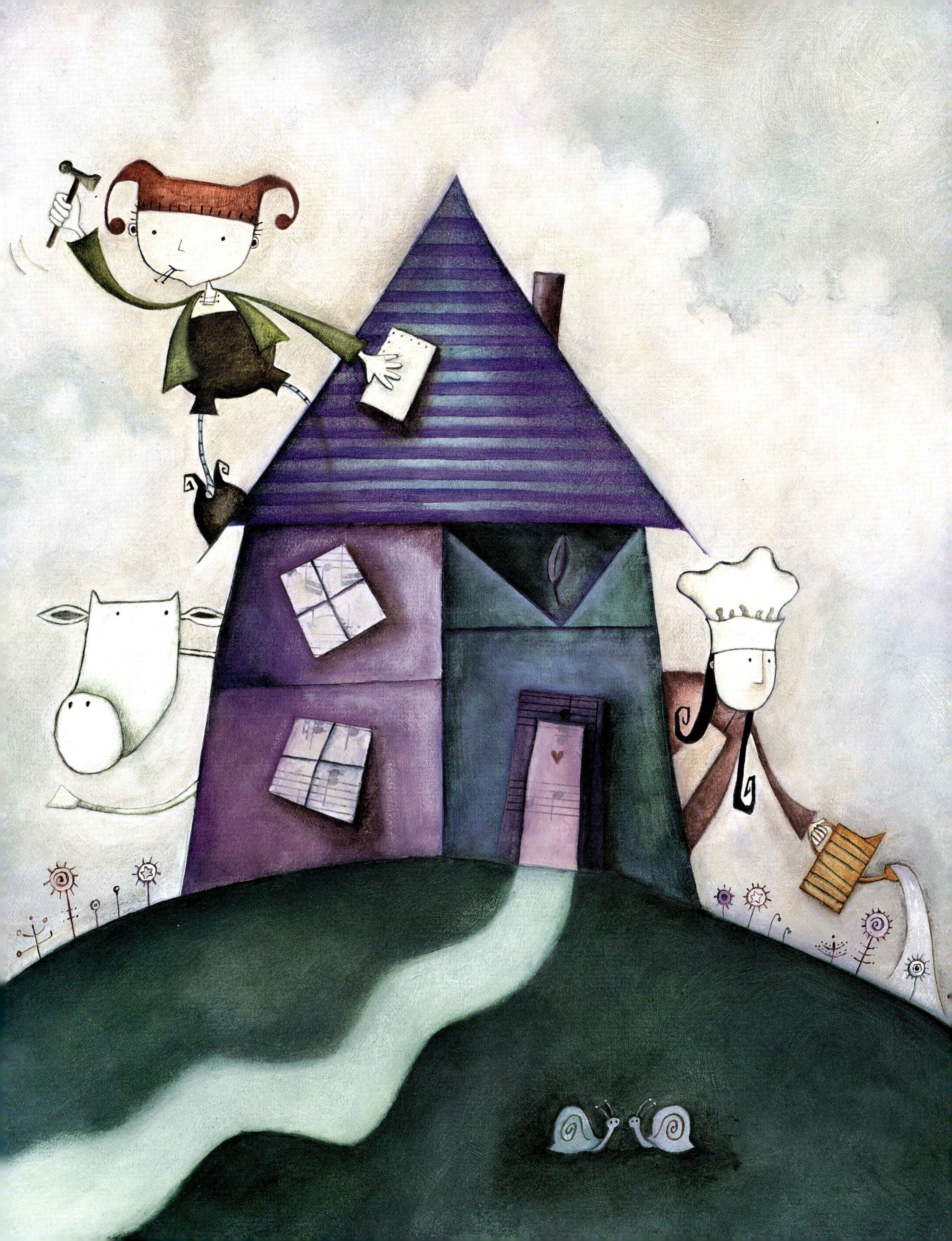

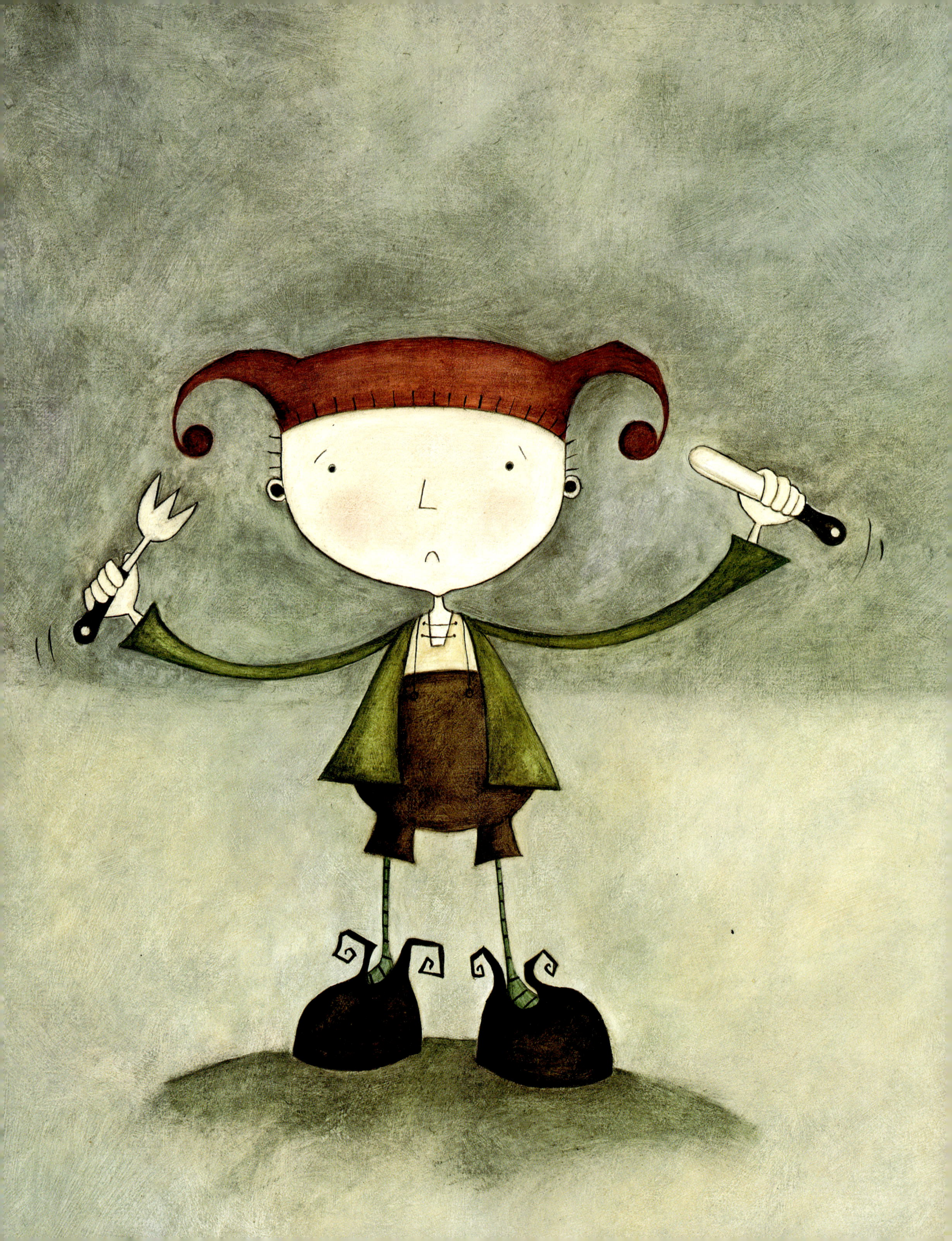

Mais un jour, il n'y eut
plus rien à manger, pas même
une croûte de pain rassis.
Et il ne restait plus d'argent
pour acheter quoi que ce soit.

– Quel malheur, Jacques ! lui dit sa mère.
Il va falloir vendre notre pauvre vieille Daisy.
Demain, tu te lèveras tôt, et tu l'emmèneras au marché.
Tâche d'en tirer un bon prix !

Jacques ne dit rien. Et puis, il avait très faim.
Alors le lendemain, il se leva à l'aube
et se mit en route avec Daisy.

Jacques n'était pas allé bien loin quand,
au détour d'un chemin,
il rencontra un drôle de petit homme
qui portait une grande robe avec de grandes poches.
– Bonjour à toi ! mon garçon.
C'est une belle vache que tu as là.
Est-ce que tu accepterais de me l'échanger ?

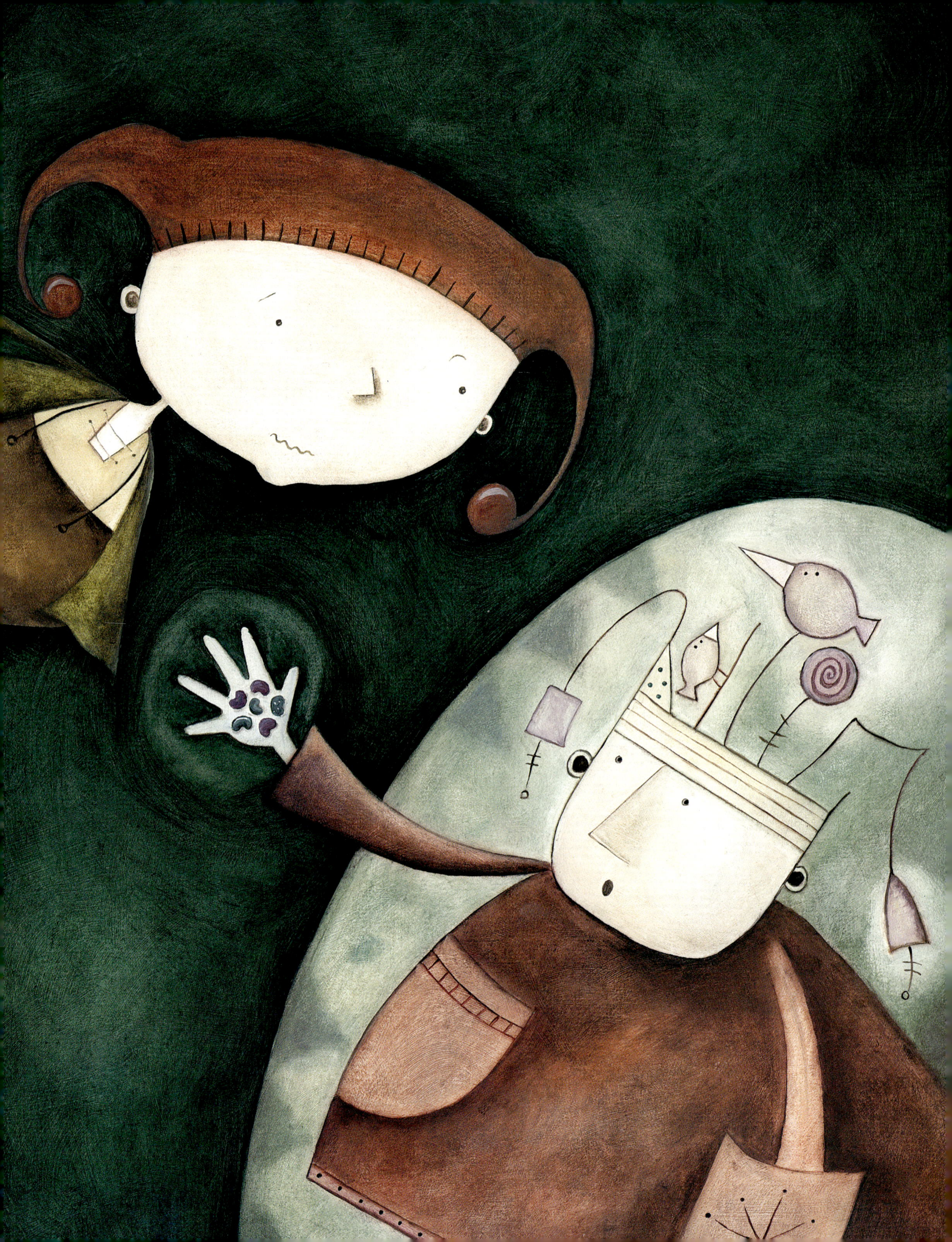

Jacques se rappela les recommandations de sa mère
et il demanda :
– Que me donnerez-vous en échange ?
– Ceci ! répondit le drôle de petit homme.

Et, plongeant la main au fond d'une de ses poches,
il en sortit six beaux haricots.
– Quoi, ça ? s'étonna Jacques.
– Oui ! rétorqua le drôle de petit homme. Ceci !
Ne crois pas que ce sont des haricots ordinaires.
Oh non ! Ce sont des haricots magiques.
Mais tu devras y faire attention.
J'en ai perdu les instructions, alors je ne sais plus
quels sont leurs pouvoirs.

Jacques aimait la magie par-dessus tout.
Alors il lâcha Daisy, prit les haricots
et rentra vite chez lui.

À peine arrivé, Jacques jeta fièrement
les haricots sur la table de la cuisine.
– Qu'est-ce que c'est que ça ?
s'exclama sa mère.

« Aïe » se dit Jacques.

– Ce sont des haricots magiques, Maman.
Je les ai échangés contre Daisy. Au moins,
nous avons quelque chose à manger...
enfin, dès qu'ils auront poussé.

La mère de Jacques était furieuse.
Elle devint rouge de colère,
se mit à crier et à taper du pied.
Alors elle jeta les haricots
par la fenêtre. Et, ce soir-là,
ils se couchèrent tous deux
sans rien avoir mangé.

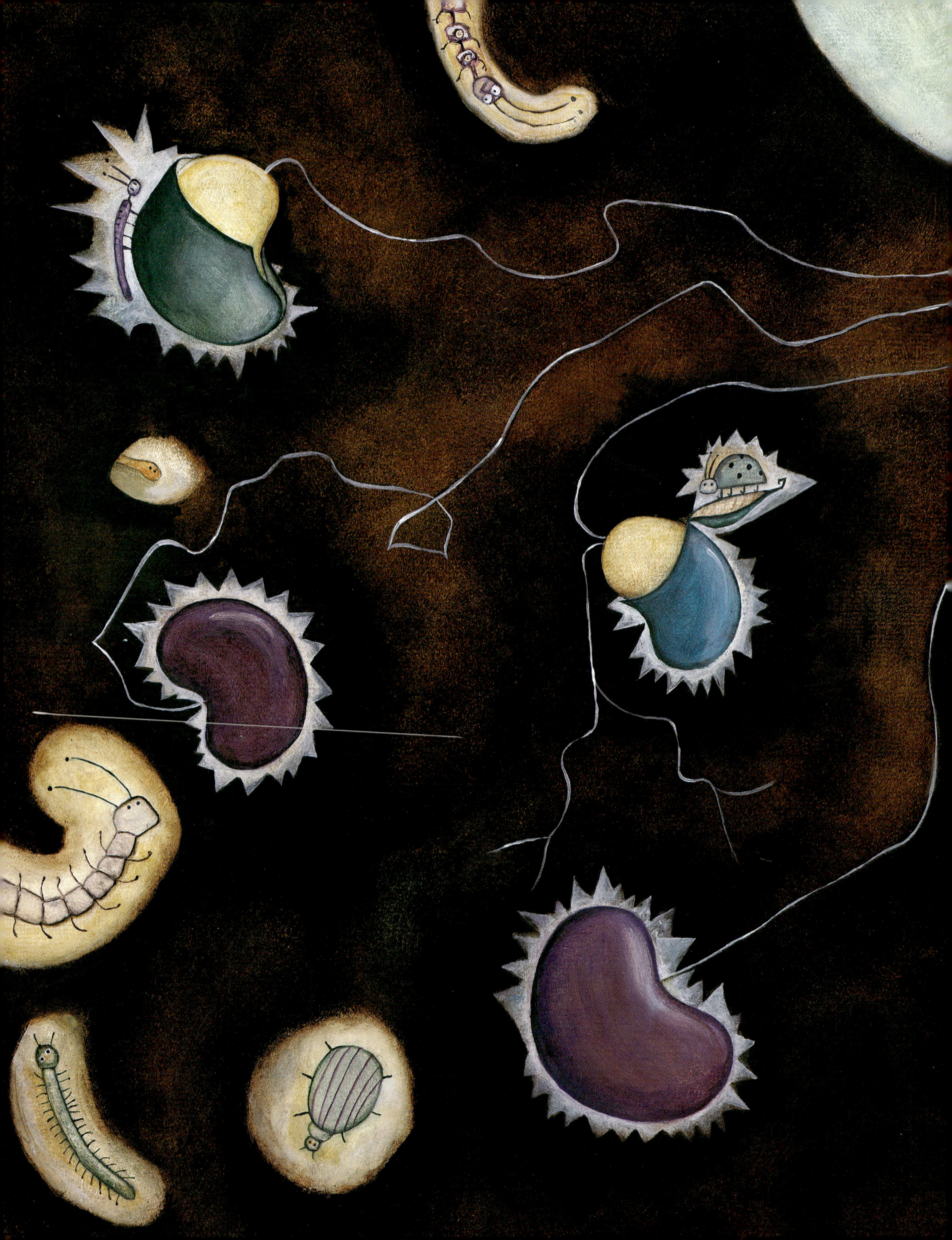

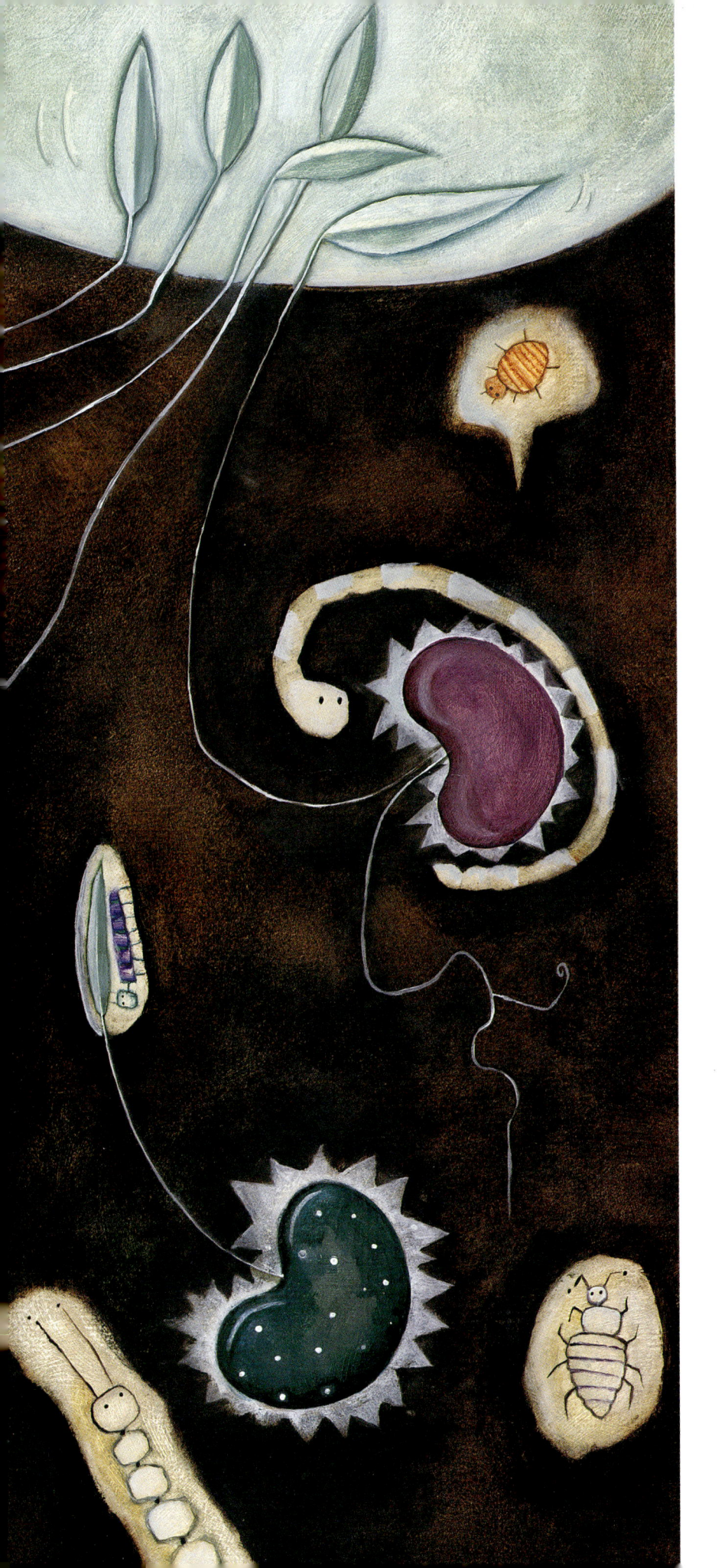

Pendant ce temps,
il se passait de drôles
de choses au dehors.
Les haricots s'enfonçaient
dans le sol, leurs racines
pénétraient profondément
dans la terre et des pousses
émergeaient à la surface.
Elles faisaient craquer
le sol et, s'emmêlant
les unes aux autres,
elles s'élevèrent
haut dans le ciel.
Elles continuèrent
à grandir et grandir,
jusqu'au pays des nuages.

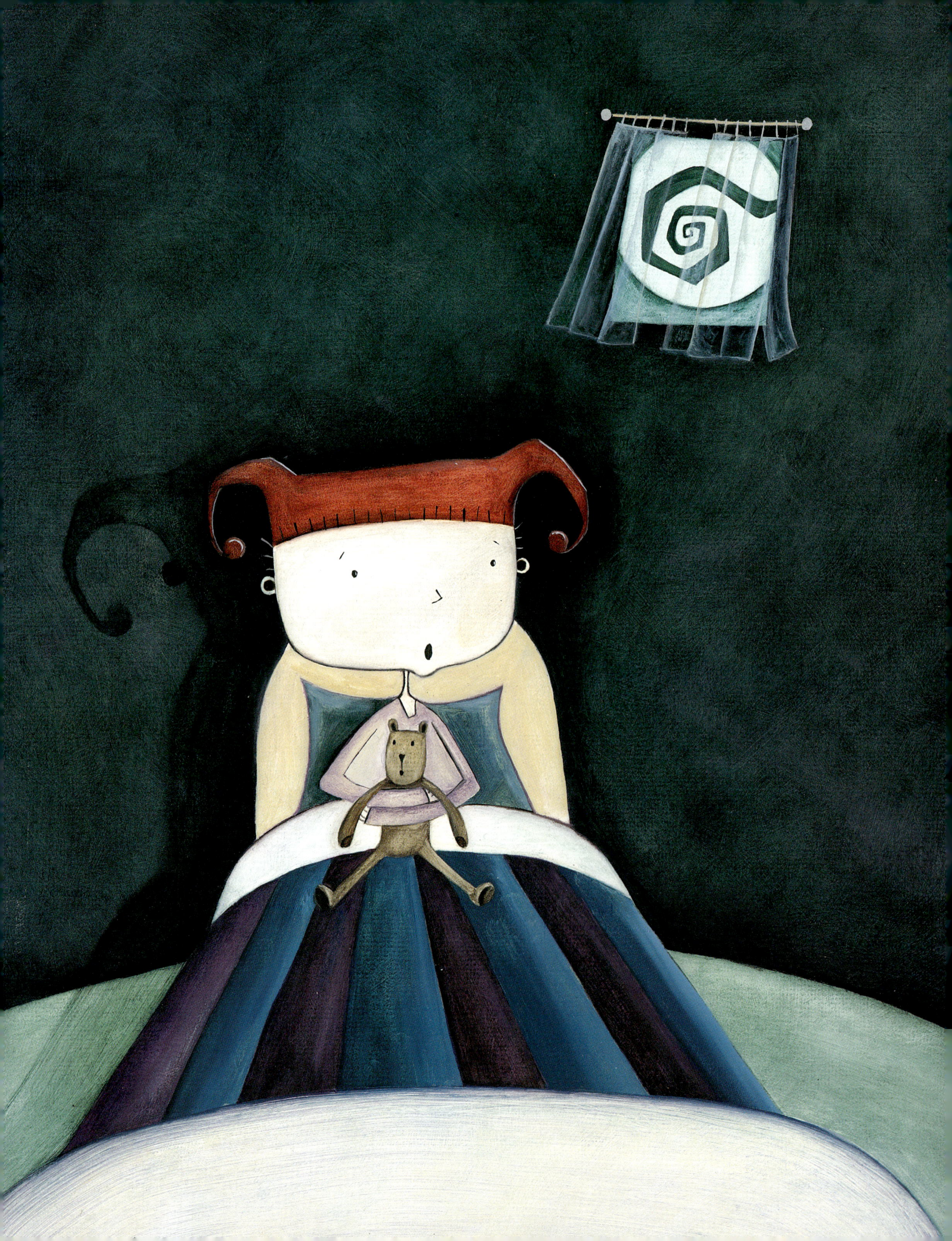

Alors, une longue tige se pencha sur la maison
et frappa à la fenêtre de la chambre.
– Qui est là ? demanda Jacques en bâillant.

Jacques vit d'étranges ombres sur le carreau
éclairé par la lune. Ne sachant pas si c'était un rêve
ou la réalité, il s'approcha de la fenêtre
et ouvrit les rideaux.
Là, se courbait et ondulait dans le clair de lune
le plus grand haricot qu'il n'ait jamais vu.
« Je me demande jusqu'où il monte ? » pensa Jacques.
Il n'y avait qu'une seule façon de le découvrir.
Sans réfléchir plus longtemps, il enjamba le rebord
de la fenêtre et se mit à grimper le long de la tige.
Bientôt, sa maison ne fut plus qu'un point minuscule.

Finalement, Jacques atteignit le pays des nuages ;
alors il sauta sur le sol gris et mousseux.
Au loin, il pouvait voir un immense château.
Jacques s'en approcha et frappa à la porte.

Il entendit le cliquetis des clés que l'on tournait,
le roulement des verrous que l'on tirait,
et le crissement des chaînes que l'on détachait.
Enfin, la lourde porte grinça et Jacques aperçut
une vieille femme qui le scrutait
à la lumière d'une bougie.

– Tu ne peux pas entrer ! murmura-t-elle.
Il sera bientôt de retour.

VA T'EN !

– S'il vous plaît ! supplia Jacques.
Je ne connais personne ici et je meurs de faim.
Puis-je entrer un instant pour manger quelque chose ?

La vieille femme se laissa attendrir.
– Très bien, tu peux entrer une minute, dit-elle,
mais il ne faut surtout pas qu'il t'aperçoive.

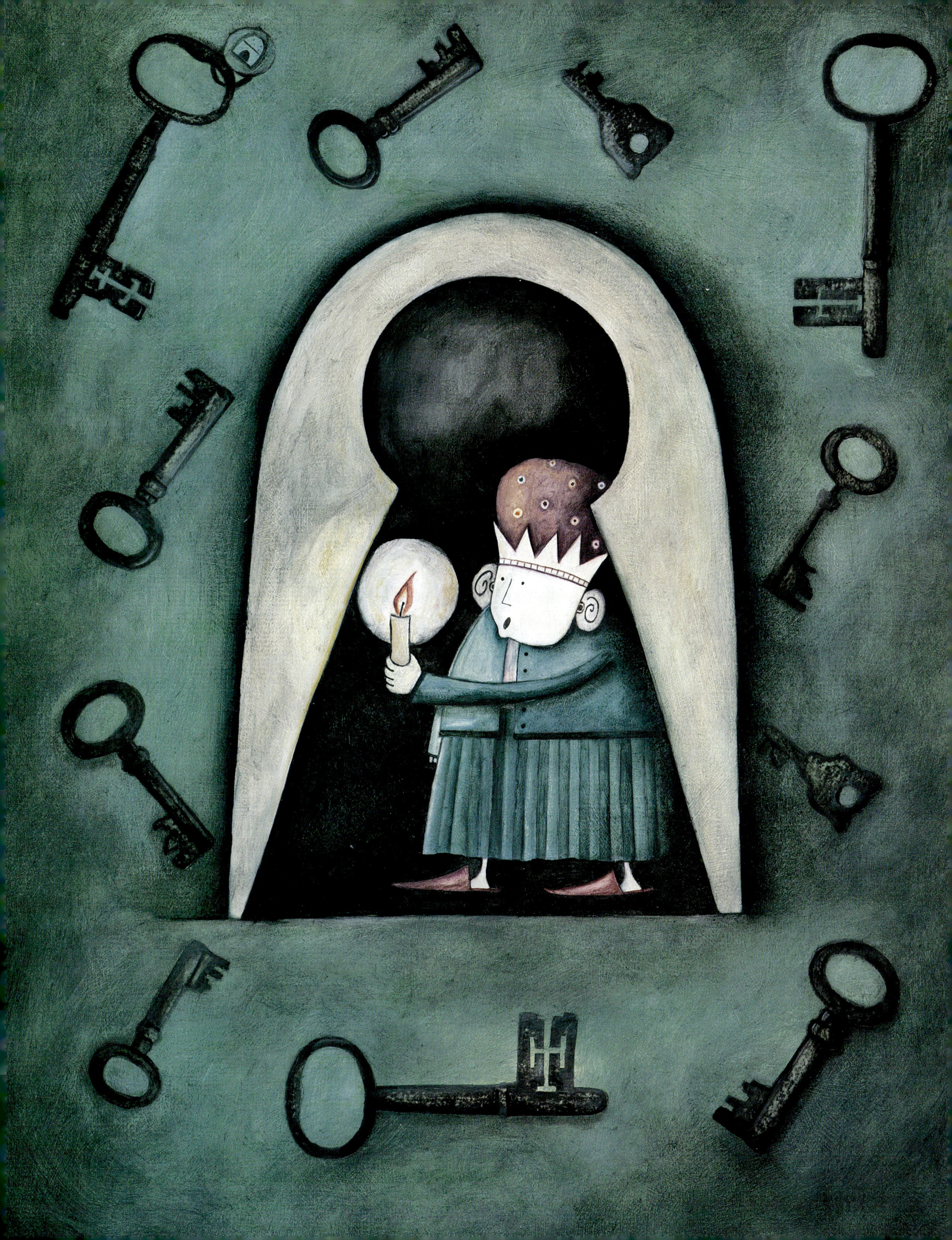

– Qui ça ? demanda Jacques alors qu'ils traversaient
les couloirs poussiéreux du château en direction de la cuisine.

Le long des murs étaient alignés d'énormes sacs,
qui tintaient quand Jacques les frôlait.
– Le géant, bien sûr, répondit la vieille femme.
S'il t'attrape, tu peux être sûr qu'il te mangera.

Il a un affreux caractère et tu ferais mieux de l'éviter.
Cache-toi vite parmi les sacs si tu l'entends arriver.

À peine eut-elle fini de parler, que des bruits de pas lourds retentirent.
Jacques eut juste le temps de se glisser derrière une pile de sacs,
avant que la porte ne s'ouvre violemment et que le géant n'apparaisse.

– SNIF, SNIF, SNIF !

Ça sent la chair fraîche ici...
Un enfant est venu dans cette pièce ! Où est-il ?
Où le caches-tu ? demanda le géant.

Il renifla et regarda autour de lui d'un air soupçonneux.
– Oh, ne sois pas idiot ! dit la vieille femme.
La seule chose que tu puisses sentir, c'est le ragoût
que j'ai préparé. J'étais en train de le goûter.
En veux-tu un peu ?

Bientôt, le géant eut englouti un énorme bol.
Il rota bruyamment, puis il demanda :
– Amène-moi mon oie !
Je veux encore plus d'or !

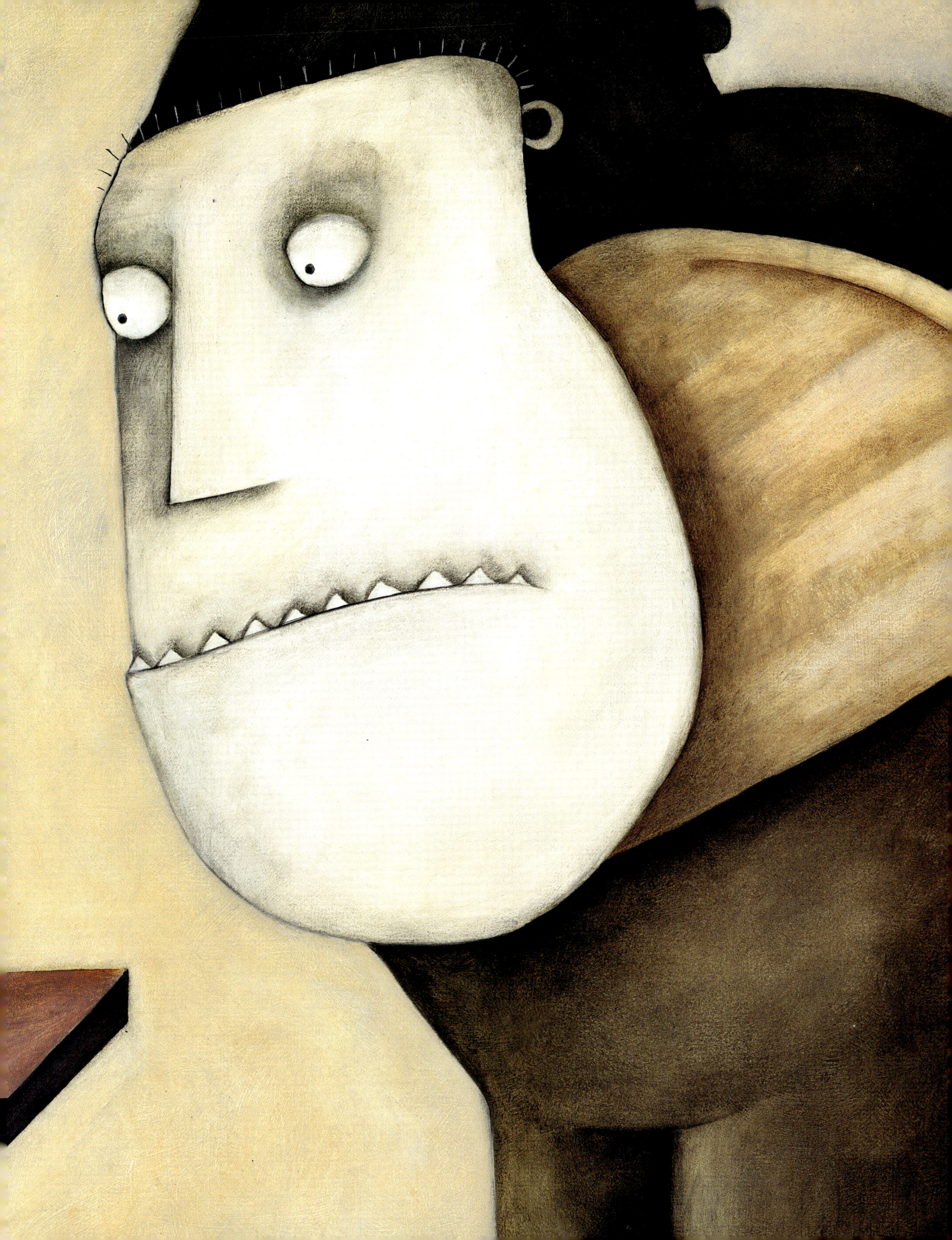

La vieille femme se glissa
hors de la pièce
et revint bientôt,
berçant un grand oiseau
qui semblait bien triste.
Pointant le nez
hors de sa cachette,
Jacques vit l'oie
pondre des œufs,
chacun en or pur.

À chaque fois qu'un œuf apparaissait, le géant
le plaçait dans une boîte géante. Puis il dit :
– Maintenant, apporte-moi ma harpe,
je veux écouter de la musique !

Une fois encore, la vieille femme sortit de la pièce
et revint avec une magnifique harpe, faite d'or pur.
Même les cordes étaient dorées.
– Joue, harpe ! Joue ! s'écria le géant...

Et, comme par magie, les cordes se mirent à vibrer
toutes seules et la pièce s'emplit de la plus belle,
de la plus délicieuse des musiques. Bientôt,
le géant s'assoupit, et ses ronflements ébranlèrent
les murs du château.

Jacques sortit
discrètement de sa cachette
et traîna avec précaution
un des gros sacs
rempli de pièces d'or
à travers la cuisine.
Il était très lourd
et le cliquetis des pièces
résonnait, mais le géant
n'ouvrit pas un œil.
Le cœur battant,
Jacques tira et tira le sac
hors du château et atteignit
enfin le sommet du haricot.
Le sac était devenu
trop lourd pour lui,
alors il l'abandonna
et se laissa glisser
le long de la tige.

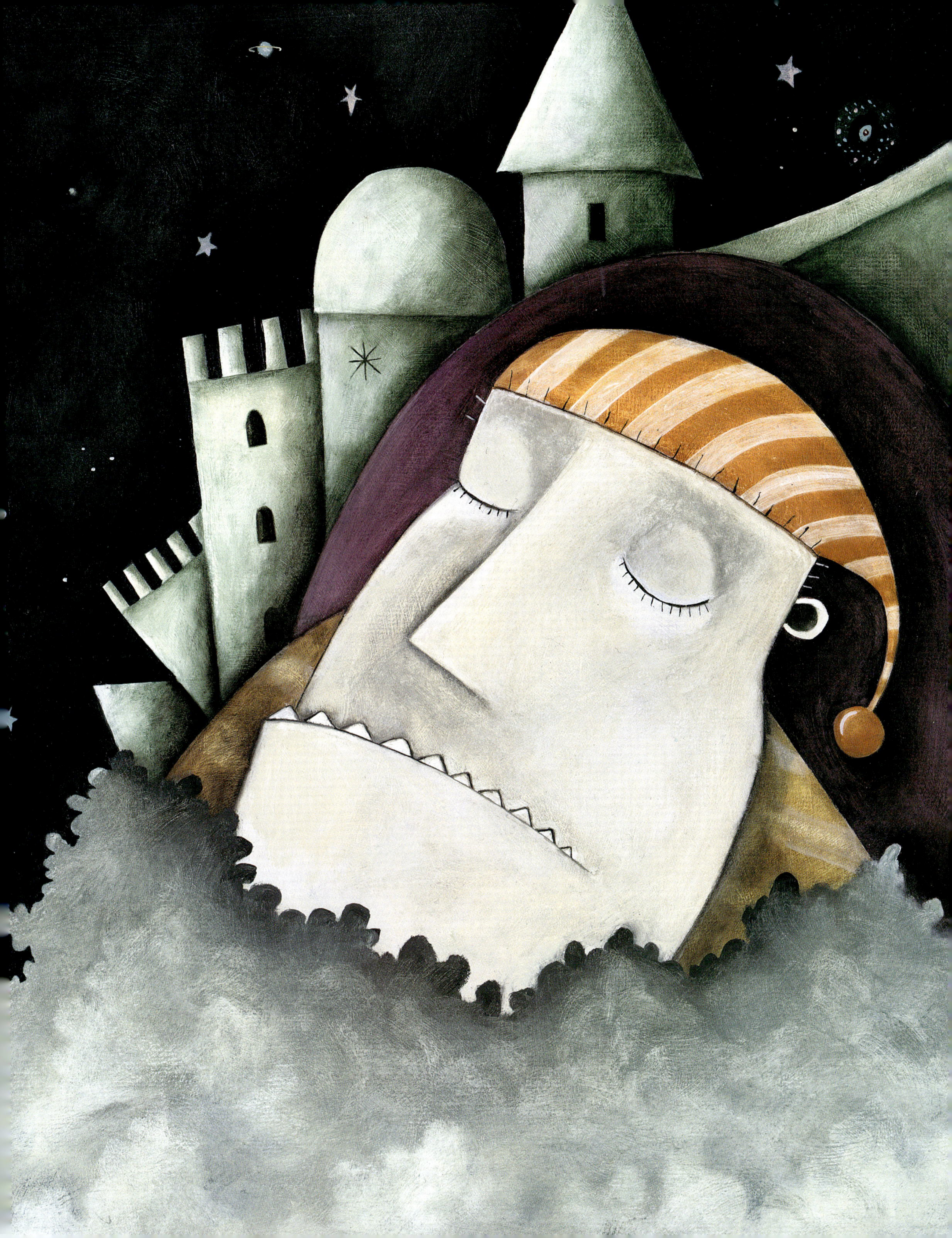

Quand il mit pied à terre,
il trouva sa mère qui l'attendait
en se grattant la tête d'un air effaré
devant la tige monumentale.
– Il me faut une corde !
s'écria Jacques.

Il courut vers la cabane à outils
et revint un instant plus tard
avec une longue corde.
Puis il remonta sur l'immense tige.

Arrivé au sommet du haricot,
Jacques attacha un bout
de la corde à la tige
et l'autre au sac plein d'or,
puis il le fit glisser.

Quand il sentit
que la corde était lâche,
il sut que le sac avait
atteint le sol
et que sa mère
l'avait détaché.

Jacques retourna dans la cuisine du château
pour y dérober un second sac.
Alors qu'il passait près du géant,
l'oie le regarda d'un air suppliant, et murmura :
– Puis-je venir avec toi ? Je déteste cet endroit.
Tu n'auras même pas besoin d'emporter ce sac.
Je pondrai autant d'œufs que tu voudras.

Alors Jacques la prit dans ses bras
et s'enfuit de la cuisine.
Dans le couloir, il rencontra la vieille femme.
– Puis-je venir avec toi, aussi ? demanda-t-elle.
– Bien sûr, répondit Jacques. Tiens, prends l'oie,
pendant que je vais chercher la harpe.

Mais, au moment où Jacques s'empara
de la harpe, elle se mit à crier :
– Que se passe-t-il ? Qui es-tu ?
Au secours ! Au secours !

Le géant se réveilla en sursaut et s'élança
à la poursuite de Jacques.
Jacques courait de plus en plus vite
mais le géant était de plus en plus près.

Lorsqu'il arriva au sommet du haricot,
Jacques sentit la main du géant effleurer sa tête.
– Vite ! s'écria Jacques.

La vieille femme commença à glisser
le long de la tige en portant l'oie,
et Jacques les suivit avec la harpe. Ils pouvaient
entendre le géant crier et jurer derrière eux.

La tige se balançait en penchant vigoureusement,
d'abord à gauche, puis à droite, mais la vieille femme
et Jacques atteignirent le sol sains et saufs.
Alors Jacques saisit la corde.
Il la tira et la tira encore,
jusqu'à ce qu'il put voir le géant
qui le regardait fixement,
cramponné de toutes ses forces à la tige.
Puis, Jacques lâcha la corde.

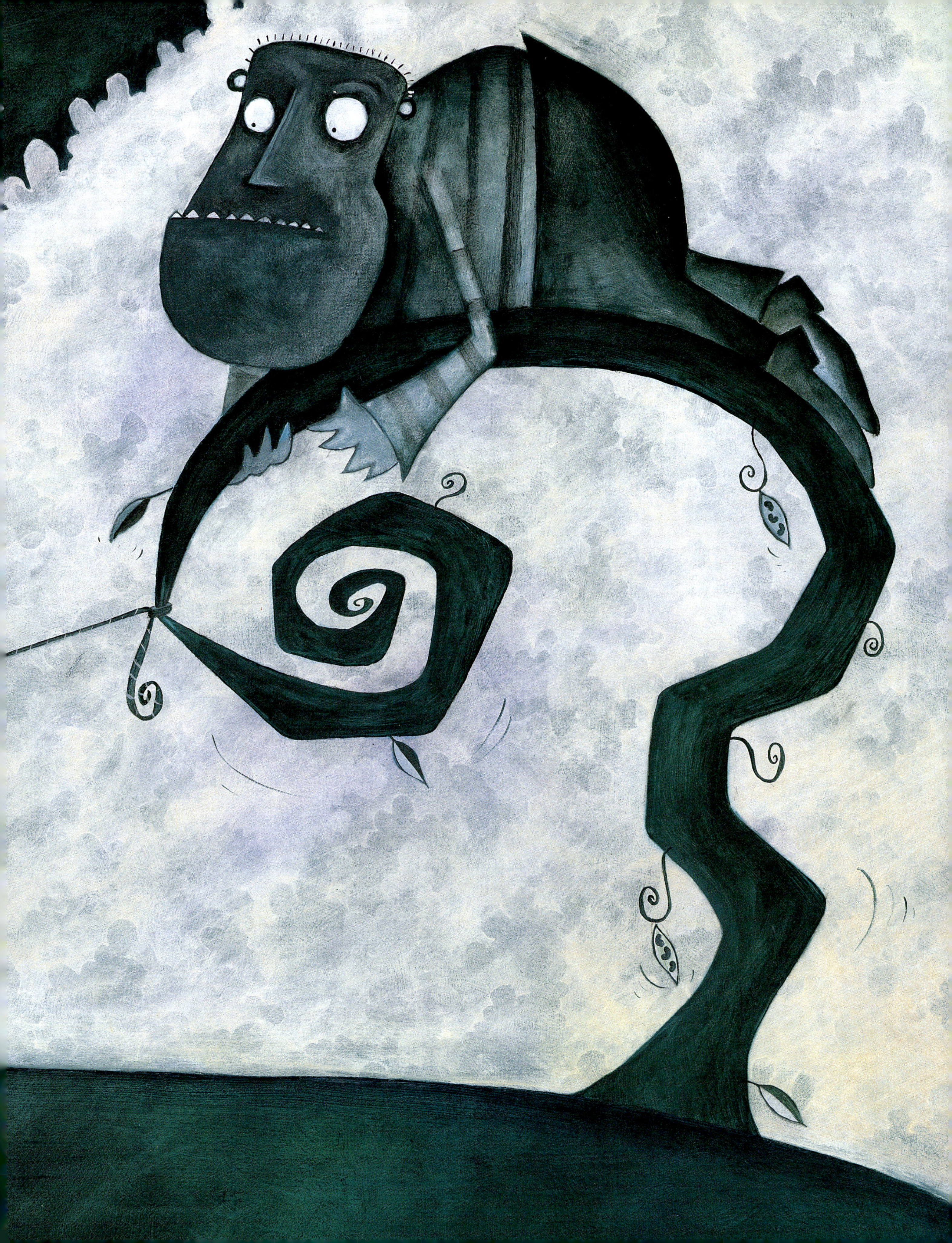

BOINNNNGGG

G G !

La tige expulsa le géant
comme une énorme catapulte.
Incapable de s'agripper plus longtemps,
le géant s'envola. Il fut projeté loin
dans l'espace, et l'on n'entendit
plus jamais parler de lui.
D'après ce que j'en sais,
il y est encore.

La vieille femme rentra à la ferme pour préparer le thé.
La mère posa la harpe en or sur le buffet de la cuisine
et Jacques fabriqua un abri pour l'oie magique.
Il mit le sac d'or dans la cave, se servant chaque fois
qu'il avait besoin d'acheter quelque chose.
Lors de ma dernière visite, la harpe a joué la gigue
et le quadrille écossais et nous avons tous dansé joyeusement.